ANACRÉON

SA VIE ET SES ŒUVRES

Edition Princeps

UNE NICHÉE D'AMOURS

ANACRÉON

SA VIE ET SES ŒUVRES

PAR LE Mᴵˢ EUGÈNE DE LONLAY

Traducteur des Hymnes et Chants Nationaux de tous les pays

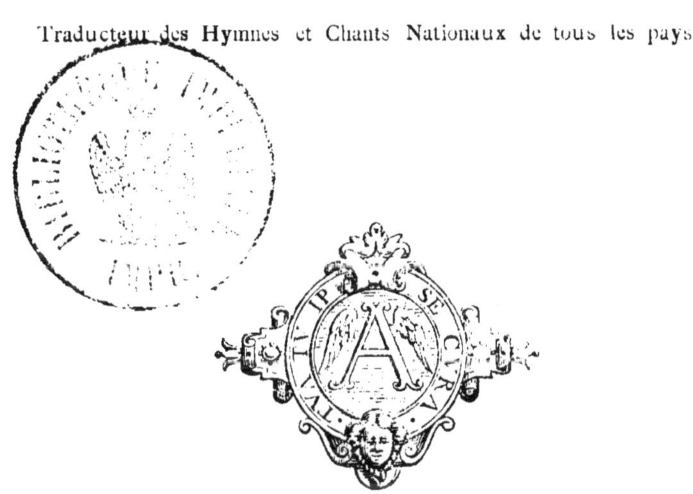

PARIS

A la Librairie des Bibliophiles

Rue de la Bourse, 10

VIE D'ANACRÉON

NACRÉON *naquit à Téos en Ionie, l'an 532
avant l'ère chrétienne. Issu d'une famille
riche et considérée, il était allié au sang
royal par Codrus, ce monarque célèbre
par son dévouement et sa mort pour son pays.*

*La mère d'Anacréon s'appelait Éétia, mais les
historiens ne s'accordent pas sur le nom de son père.*

*Polycrate, tyran de Samos, épris des arts et des
lettres, l'attira près de lui, le reçut avec distinction
et le combla de faveurs. L'amitié qu'il ressentit pour
Anacréon, jointe à l'influence que ce poète exerça sur
ses idées, adoucirent les mœurs du tyran et le rendi-
rent plus humain.*

Polycrate ne fut pas l'unique prince à lui donner des marques de son estime et de sa sympathie. Hipparchus, fils de Pisistrate, lui envoya une galère à cinquante rameurs, l'engageant vivement à franchir la mer Égée et venir à sa cour où sa renommée lui donnait le vif désir de faire sa connaissance, l'assurant que ses mérites, dont il savait le prix, seraient fêtés comme ils le méritaient.

Ceci prouverait qu'Anacréon était capable de faire autre chose que des poésies galantes pour chanter le vin et les amours. On ne peut en douter quand Platon lui donne le nom de sage.

C'est une erreur de croire que Sapho fut la maîtresse d'Anacréon, car celle-ci vivait plus d'un siècle avant lui et fut mariée à Cercala, dont elle eut une fille nommée Cléis. C'est vers la même époque que Caraxus, un des trois frères de Sapho, fut l'amant de Doricha. Cette courtisane célèbre, se baignant un matin dans les eaux du Nil, faillit être dévorée par un crocodile, tandis qu'elle regardait un aiglon enlever un de ses souliers qu'il laissa tomber sur les genoux du roi, rendant la justice sur une place de la ville. Le monarque, ravi de l'aventure et surpris par la petitesse de ce soulier, voulut connaître celle qui l'avait perdu. Doricha fut amenée au roi qui s'en éprit et l'épousa.

A l'âge de quarante ans, Anacréon retourna dans sa patrie, et désirant goûter le calme de la vie des champs, se retira dans une petite maison située aux portes d'Athènes, ayant vue sur la mer Égée et ses îles éparses. Il présidait lui-même à ses vendanges et vivait en poète épris des beautés de la nature. Il partageait, libre et sans soucis, tout son temps entre l'amitié et la poésie. Doué de beaucoup d'esprit et d'un aimable caractère, il inspira de son vivant de vives affections et de sincères regrets après sa mort. Sans jalousie et sans ambition, il ne connut jamais ni la haine ni l'envie; il vécut jusqu'à l'âge de quatre-vingt-cinq ans et mourut étouffé par un pépin de raisin qui s'arrêta dans son gosier.

Il eut de splendides funérailles, un magnifique tombeau et une riche statue à côté de Zantippe et de Périclès.

Les poètes et les artistes n'ont jamais cessé de s'inspirer de lui. Sans cesse on retrouve des vers, des médailles et des tableaux où son image est évoquée. D'après les bronzes et les peintures antiques, il est facile de se convaincre qu'Anacréon avait une agréable physionomie, les traits fins, les yeux vifs et une bouche fine et délicate. Il ne se maria point, voulant jouir de la vie sans entraves ni tourments. La philosophie et les plaisirs furent les divinités auxquelles il resta fidèle jusqu'à la fin de ses jours.

Vivant à une époque où les lumières du christianisme n'éclairaient pas encore le monde, il n'est pas étonnant que, privé de l'espoir d'une récompense céleste, il mît sa félicité dans la jouissance des biens de la terre.

Quand on songe qu'Anacréon est né il y a plus de deux mille ans, et que ses poésies ont traversé des siècles pour arriver jusqu'à nous, on est surpris de les trouver encore aussi jeunes et fraîches que si elles venaient d'éclore. Ce qui prouve que les inspirations géniales ne subissent jamais les outrages du temps. L'hiver a beau vouloir couvrir la terre de ses neiges, il ne peut empêcher la fleur vivace de se montrer au premier regard du printemps et de l'enivrer de ses parfums.

Mis Eugène de Lonlay.

ODES
D'ANACRÉON

ODE I

LA LYRE

Je veux en vain célébrer les Atrides :
  Chanter Cadmus, sa gloire et ses exploits ;
Mais ces sujets sont pour moi trop arides,
Et ne peuvent sourire à mon cœur, ni ma voix.
J'ai démonté ma lyre et j'ai changé ses cordes,
  Voulant chanter Hercule et ses travaux.
Ma lèvre sans accents, dès les premiers exordes,
Sentit mon instrument expirer sans échos.
Héros fiers, que de vous un plus heureux s'inspire,
  Je vous dis adieu pour toujours,
    J'ai beau faire, ma lyre
  Ne veut chanter que les amours.

ODE II

LA BEAUTÉ

La nature a donné les cornes aux taureaux,
Aux alertes coursiers une démarche altière,
De redoutables dents au lion sanguinaire,
La nageoire aux poissons, les ailes aux oiseaux,
A l'homme la raison, la force et le courage ;
Mais que réservait-elle aux femmes en partage ?
L'attrayante beauté, qui de tout leur tient lieu,
Dont le pouvoir jour et nuit se révèle ;
    Car une femme jeune et belle
    Triomphe et du fer et du feu.

ODE III

L'AMOUR MOUILLÉ

Dernièrement, au milieu de la nuit,
Je sommeillais accablé de fatigue,
Lorsque l'Amour survenant avec bruit,
Heurte à ma porte, et fortement m'intrigue.
Qui frappe ainsi ? m'écriai-je éveillé.
Ne crains donc rien, me répond sa voix pure,
Car je ne suis qu'un enfant tout mouillé
Qui s'est perdu dans la nuit trop obscure,

Vite, ouvre-moi. Touché par ce discours,
Je prends ma lampe et soudain je l'allume,
J'ouvre ma porte et vole à son secours.
Je vois alors un enfant sans costume,
Un arc en main et sur le dos ayant,
Sous son carquois, deux tort modestes ailes.
A peine assis près du feu pétillant,
Entre mes mains j'échauffe ses mains frêles,
Et de ses beaux humides cheveux blonds
J'exprime l'eau que lentement j'essuie.
Bien réchauffé, l'enfant me dit : Voyons
Si mon arc frêle a souffert de la pluie.
Preste il le tend et me perce le cœur.
Mon arc se trouve en bon état, regarde,
Dit-il d'un air espiègle et très moqueur,
Mais toi, ton cœur, cher hôte, est bien malade.

ODE IV

L'USAGE DE LA VIE

ÉTENDU mollement sur des feuilles de saule,
Je veux boire à mon gré le jus le plus divin.
Que l'Amour, le manteau relevé sur l'épaule,
Dans ma coupe, à l'instant, me verse à flots du vin.

Comme un rapide char le cercle de la vie
Roule sans s'arrêter, ne laissant rien de nous.
Mais n'attendez pas que la mort me convie,
Pour parer mon tombeau des présents les plus doux.
Ornez plutôt mon front tandis que je respire,
Faites venir ici la beauté qui m'inspire.
Amour, pour te garder je fais tous mes efforts,
Et je veux en dansant descendre chez les morts.

ODE V

ÉLOGE DES ROSES

Dans nos coupes, mêlons les roses à Bacchus ;
Sans la reine des fleurs on ne voit point de fêtes,
C'est elle que toujours a préféré Vénus,
Et sa fraîche guirlande orne le mieux nos têtes.
Les roses en bouton ont les soins du printemps,
Souvent même des dieux elles font les délices,
Pour enchaîner l'Amour, qui craint la faux du temps.
Les Grâces, on le sait, empruntent leurs calices.
Bacchus, dieu des plaisirs, que toujours j'aimerai.
Avec une beauté, les lèvres demi-closes
Et le sein arrondi, dans ton temple j'irai
Folâtrer le front ceint de guirlandes de roses.

ODE VI
L'APPEL AU PLAISIR

METTONS des couronnes de lis,
Sur notre tête radieuse,
Et que nos regards soient remplis
D'une gaîté contagieuse.
Voyez sur l'herbe du verger
Le thyrse en l'air, une Bacchante
Qui joyeusement rit et chante,
Puis voltige d'un pied léger.
Tandis qu'un pâtre qu'elle attire,
Laissant flotter ses longs cheveux,
Aux divins accords de la lyre
Mêle ses chants mélodieux.
Au banquet, l'Amour prend sa place,
Accompagné du dieu Bacchus
Qui, toujours gai, d'un bras enlace
La taille souple de Vénus.
Il se livre avec joie au plaisir de la table,
Le seul que le vieillard trouve encor délectable.

ODE VII
LA VENGEANCE DE L'AMOUR

A le suivre hier soir dans un sentier rapide,
Avec un seul glaïeul, l'Amour me contraignit.
Haletant, essouflé, j'allais d'un pas timide,
Quand dans un bois touffu un serpent me mordit.

Mon âme aussitôt vint sur mes lèvres éteintes,
De ses ailes, l'Amour put seul me ranimer ;
Je retrouvai la vie à ses douces étreintes,
Et lui me dit : Pourquoi ne veux-tu pas m'aimer ?

ODE VIII

LE SONGE INTERROMPU

Echauffé par le vin, une nuit je dormais
Sur des tapis de pourpre, et je m'imaginais
Courir légèrement après des jeunes filles,
Qui glissaient dans mes mains ainsi que des anguilles.
Des jeunes gens fort beaux, mais aussi très narquois,
Jaloux de mon bonheur m'enlèvent mon carquois ;
Epris de ces beautés à la lèvre vermeille,
Je veux les embrasser, mais soudain je m'éveille,
Et me revoyant seul, je cherche en m'endormant,
A rappeler ce songe agréable et charmant.

ODE IX

LA COLOMBE

D'ou viens-tu, frêle oiseau, colombe à l'aile errante ?
D'où naissent les parfums, qu'en volant par les cieux,
Ainsi qu'une rosée avec l'aube odorante,
Ton essor nous apporte et répand dans ces lieux ?

Si joyeuse où vas-tu ? Dis-moi quel est ton maître ?
— Je vole vers Bathylle, et tu dois le connaître ;
Anacréon m'obtint de Vénus pour un chant
Qu'il fit en son honneur, et depuis cet instant,
Ainsi que tu le vois, je porte ses messages ;
Il dit qu'il me rendra bientôt ma liberté ;
Elle ne vaudrait point le plus doux des servages,
Le bonheur que je trouve à ma captivité.
Pourquoi quitter un toit que souvent on regrette ?
Qu'ai-je besoin de fuir, de voler dans les champs,
D'aller au fond des bois quérir une retraite,
Habiter des vallons sans échos pour mes chants,
Pour toute nourriture enfin être réduite
A chercher, sans trouver, des épaves de grain ?
Tandis qu'Anacréon, qui mourrait de ma fuite,
Me couvre de baisers, me nourrit de son pain.
Il a pour moi toujours des tendresses nouvelles,
Dans sa coupe je bois le vin qu'il a goûté,
Je tourne autour de lui, le couvre de mes ailes,
Sans que par aucun trait mon vol soit arrêté ;
Je perche sur sa lyre et j'y reste assoupie.
Maintenant que tu sais ce qui t'intriguait fort,
Je prends mon vol ; adieu ! trop longtemps j'eus le tort
De jaser avec toi comme fait une pie.

ODE X

L'AMOUR DE CIRE

Un jeune homme vendait un Amour fait de cire.
Me trouvant près de lui, je m'empresse de dire :
        — Combien demandes-tu
        De cette mignonne statue ?
En dorien il crie et sans prix débattre,
        Mais d'une voix émue :
    — Donnez-m'en ce que vous voudrez.
        Et vous l'aurez.
Je ne veux point habiter davantage
Avec un dieu qui se plaît, le volage,
    A consumer tout de ses feux.
    — Voici le drachme que tu veux,
Livre-moi donc cet hôte aimable,
Que je trouve peu redoutable.
        Pour toi, Cupidon,
        Fais que mon cœur aime
        Sur l'heure, ou sinon,
        Quoique tu sois dieu,
        Je te jette au feu,
Et je te fais fondre toi-même.

ODE XI

SUR SON AGE

Les femmes, en riant, disent que je suis vieux.
        Prends ce miroir, ajoutent-elles,
Regarde, Anacréon, tu n'as plus de cheveux.
— Oh! quant à mes cheveux, j'ignore si j'en ai,
Qui peut toujours jouir du joli mois de mai ?
L'homme n'est point semblable à la feuille qui tombe;
Dont la tige, au printemps, peut encor reverdir.
        Plus il approche de la tombe,
        Et plus il doit se livrer au plaisir.

ODE XII

L'HIRONDELLE

Couperai-je ton aile,
Ou ta langue rebelle,
Babillarde hirondelle,
Qui m'ôtes le sommeil?
Pour être venue
Avant que de la nue
S'échappe le soleil,
Interrompre le songe
Où mon amour se plonge,
Ennemi du réveil.

2.

ODE XIII

LES FUREURS

Atiiis l'efféminé, pour avoir à Cybèle
Fait le pénible aveu de ses feux expirants,
Subit de sa vengeance une atteinte cruelle,
Et frappe les échos de ses cris déchirants.
Entraîné par l'amour et ses effervescences,
De ma jeune maîtresse, en oubliant les torts,
Pour moi, je veux vraiment, tout parfumé d'essences,
Me livrer avec elle à d'amoureux transports.
Ceux qui boivent, dit-on, de l'eau mystérieuse
Des sources de Claros, se mettent en fureur;
Mon ardente tendresse est fort peu soucieuse
De subir leur destin, objet de mon horreur.

ODE XIV

LA DÉFAITE

Oui, c'en est fait, il faut que j'aime,
L'Amour me l'avait conseillé;
Insensé que j'étais, dans mon erreur extrème,
Je rêvais éveillé.
A ses avis, étant rebelle,
Ce dieu malin prend son arc, son carquois,
Puis au combat sa voix m'appelle
D'un ton provoquant et sournois.

J'endosse, comme Achille, une forte cuirasse ;
Je prends un bouclier, un javelot pointu ;
Vis-à-vis de l'Amour, en brave je me place,
Rudement je l'attaque, en homme résolu.
Il me crible de traits qui me mettent en fuite.
Quand ils sont tous lancés, guidé par la fureur,
Il s'élance lui-même au fin fond de mon cœur,
Et me ravit ma force, à son contact détruite.

ODE XV

SUR LES GOUTS

JE vois sans nulle envie, avec indifférence,
Gygès, roi de Sardis, grand roi parmi les grands.
Peu m'importe l'argent, sa funeste puissance,
Je ne suis point jaloux du destin des tyrans.
Tout mon soin, je l'avoue, est de parer ma tête
De couronnes de fleurs que je dérobe aux bois ;
Elles n'attirent point la fréquente tempête
Que nous voyons souvent déraciner les rois.
Livre-toi bien portant aux plaisirs de la table,
Fais des libations chaque jour à Bacchus,
De peur qu'un mal subit, d'une voix redoutable
Te dise : Désormais tu ne reboiras plus.

ODE XVI

SUR LUI-MÊME

Tu chantes radieux la guerre des Thébains,
Et les Phrygiens, d'un autre obtiennent les refrains.
   Tandis que moi, je chante mes défaites,
Qui, dans chaque rencontre, hélas ! sont plus complètes.
      Ni coursiers, ni vaisseaux,
      De mes combats nouveaux
      N'ont point causé la perte.
      Un ennemi bien différent,
      A qui la place reste ouverte,
      Et sans péril pour lui m'attend ;
      C'est le regard de ma maîtresse
      Qui de luttes toujours vainqueur,
      Ainsi qu'une flèche traîtresse,
      Me perce jusqu'au fond du cœur.

ODE XVII

SUR UNE COUPE D'ARGENT

Vulcain, fonds cet argent, non pour faire une armure
      Car les combats,
      Je te le jure,
      Ne me charment pas.

Mais une coupe encor plus large que profonde,
Ne représentant point l'Olympe ni le monde ;
Grave plutôt autour des grappes de raisin.
     Songe à mettre dans ton dessin,
          Si cela s'arrange,
L'Amour avec Bathylle, exprimant la vendange,
          Réunis à Bacchus,
          Soutenu par Vénus.

ODE XVIII

SUR LE MÊME SUJET

Sculpteur fort renommé, fais jaillir des matrices
L'argent qui, grâce à toi, prends des aspects divers ;
Grave sur une coupe un printemps de délices,
Où la rose s'unit avec des pampres verts.
Fais-en un objet d'art ; sur elle représente
Les festins les plus gais, les plus délicieux.
Exalte ton génie, et que ta verve enfante
Tout ce qui peut charmer et fasciner les yeux.
Evite les sujets à la tristesse en proie,
Evoque bien plutôt le fils de Jupiter,
Versant le jus divin où notre deuil se noie,
Après s'être miré dans son flot pourpre et clair.

Par l'Amour désarmé et les Grâces légères,
Fais escorter Vénus sous les treilles errant
Et fêtant l'hyménée. Ou, si tu le préfères,
Représente Apollon jouant et folâtrant.

ODE XIX

TOUT BOIT

LA mer engloutit les ruisseaux,
La terre aspire la rosée;
Perchée aux cimes des coteaux,
La lune boit l'onde rosée;
L'arbre le souffle printanier;
Le jour absorbe la nuit noire,
Pourquoi donc me contrarier,
O mes amis, quand je veux boire.

ODE XX

LES SOUHAITS

DE Pandion en hirondelle,
La fille fut changée un jour;
Niobé, fière d'être belle,
Devint un rocher à son tour.
Pour toi, quand je meurs de tendresse,
Je voudrais devenir miroir,
Car tu me fixerais sans cesse,
Sans cesse je pourrais te voir.

Je voudrais être la tunique
Dont tu te revêts tous les jours,
Beauté charmante et sympathique,
Car tu me porterais toujours.
Etre l'eau vive et lumineuse
Où tu viens baigner ton corps sain,
La bandelette trop heureuse
Qui caresse ton joli sein.
Sitôt que le printemps rayonne,
Les roses aux prismes divers
Dont ton jeune front se couronne,
Les frais parfums dont tu te sers.
Lorsque tu sors de l'onde pure,
L'herbe éblouie où tu t'assieds,
Que ne suis-je au moins ta chaussure,
Je presserais tes petits pieds.

ODE XXI

LA COUPE

Versez-moi, ravissante troupe,
Le vin par le soleil doré,
Jusqu'au bord remplissez ma coupe,
Car je me sens très altéré.

Si vive est la soif qui m'oppresse,
Qu'à peine je puis respirer;
Remplissez ma coupe sans cesse
Ou de soif je vais expirer.
Lorsque par mon front qui l'enflamme,
La fleur se dessèche en un jour,
Comment pourrai-je dans mon âme,
Calmer les ardeurs de l'amour?

ODE XXII

LA SOLITUDE

ASSEYEZ-VOUS, mon cher Bathylle,
En cet endroit délicieux,
Où règne un calme fort utile
A tous les cœurs, à tous les yeux.
Tandis que les herbes naissantes,
Soupirent aux baisers du vent,
Profitons des ombres croissantes,
De l'arbre au feuillage mouvant.
Une fontaine vive et pure,
Où se mirent les liserons,
A l'attrayant et frais murmure,
Gazouille dans les environs.

Quand à nos désirs, tout se prête ;
On ne saurait vraiment trouver
Une aussi paisible retraite
Sans s'y reposer et rêver.

ODE XXIII

L'AMOUR DE L'OR

Si Plutus prolongeait avec ses dons la vie,
Je comprendrais alors qu'on entassât toujours ;
A la mort, on pourrait les laisser en partie,
Afin qu'elle doublât la trame de nos jours.
Mais puisque des mortels le destin est le même,
Que les Parques jamais n'ont renoué leur fil,
J'existe, sans songer à mon heure suprême,
Et me demande à quoi l'or me servirait-il ?
Je préfère aux trésors les douceurs de la table,
Le vieux vin excellent dont mon verre est rempli,
Le cœur de mes amis et, sans prévoir l'oubli,
Les baisers enivrants de ma maîtresse aimable.

ODE XXIV

LA PHILOSOPHIE

Je suis né mortel, donc je dois
Avoir une courte carrière.
Et je ne compte sur mes doigts
Que mes jours restés en arrière.

Courant joyeux vers l'avenir,
Sans inquiétudes mortelles,
Je m'abreuve du souvenir
Que dans mon cœur laissent les belles.
Chassant loin de moi les soupirs,
Avec Bacchus, et qui m'entraîne,
Je veux goûter tous les plaisirs
Avant que la mort me surprenne.

ODE XXV

L'ÉLOGE DU VIN

Dès que je bois du vin, mon œil voit tout en beau ;
Aussi prompt que l'éclair, l'ennui fuit ma demeure
Et malgré tout l'effroi qu'inspire le tombeau,
Tôt ou tard il faudra que chacun de nous meure.
N'attristons point nos fronts de regrets superflus,
Tandis que le sang coule encore dans nos veines ;
Buvons, ô mes amis, la liqueur de Bacchus :
La tristesse s'endort au fond des coupes pleines.

ODE XXVI

LES BUVEURS

Quand mon âme est livrée à l'ennui qui l'obsède,
J'aime à faire noyer mes chagrins par Bacchus ;
Aussitôt que j'ai bu, je crois que je possède
Les trésors de Golconde avec ceux de Crésus.

L'horizon resplendit à ma vue étonnée,
En moi j'entends jaser comme un volier de vers,
Et couché mollement, la tête couronnée,
Mon sceptre satisfait dédaigne l'univers.
Partez, fiers combattants, pour acquérir la gloire,
  Pour moi, je veux boire
  Tout à mon aise et lentement.
Quoique les verts lauriers soient fort dignes d'envie,
  J'aime encor mieux, assurément,
  Perdre la raison que la vie.

ODE XXVII

DÉLIRE BACHIQUE

Aussitot que je bois, je me livre à la danse ;
La liqueur de Bacchus engloutit mes soucis,
J'aperçois dans ma coupe un rayon d'espérance
Et qui sert d'arc-en-ciel à mes cieux obscurcis.
Aux plaisirs délicats que le destin m'envoie,
Malgré l'amour du vin, je sais encor penser ;
Les chansons et Vénus me plongent dans la joie ;
A leurs divins accords, je veux toujours danser.

ODE XXVIII

PORTRAIT DE SA MAITRESSE

DESSINATEUR célèbre, artiste incomparable,
Dans cet art libéral à Rhodes cultivé,
Peins, d'après mon récit, ma maîtresse adorable,
Et rends-la, quoique absente, à mon œil captivé.
Peins ses longs cheveux noirs aux tresses ondoyantes,
Qu'ils semblent exhaler les parfums les plus doux ;
Retiens avec bonheur leurs lueurs chatoyantes
Qu'ébloui je contemple, assis à ses genoux.
Des difficultés, toi qui sans efforts te joues,
De ses sourcils rends bien les deux arcs accomplis ;
Pour faire son nez droit, son front haut et ses joues,
Prends les tons de la rose et la blancheur du lis.
Peins ses yeux clairs et bleus sous ses sourcils d'ébène,
Tels que les a Minerve à son chaste réveil ;
Qu'ils brillent d'une flamme humide, mais sereine,
Comme ceux de Vénus frappés par le soleil.
Je suis d'un œil ravi l'esquisse que tu traces ;
Peins son sein palpitant qui ne peut s'apaiser,
Sur son joli menton fais voltiger les grâces,
Que sa lèvre excitante appelle mon baiser.
Voile enfin son beau corps d'étoffe purpurine,
Laisse à travers les plis se trahir des attraits
Qui fassent bien juger des trésors qu'on devine,
Sans que l'œil indiscret en saisisse les traits.

Arrête ton pinceau, car à l'objet que j'aime
Nul chef-d'œuvre ne peut aussi bien ressembler,
C'est, je le reconnais, ma maîtresse elle-même,
O ravissant portrait, bientôt tu vas parler !

ODE XXIX

L'AMOUR ENCHAINÉ PAR LES MUSES

es muses enchaînèrent
        Un jour
        L'Amour
Avec des fleurs, et le laissèrent,
Sous la garde de la beauté
        Dans un site écarté.
Vénus cherche son fils, son cher fils dont l'absence
        Trouble son cœur surpris,
        Et pour sa délivrance   .
        De sa rançon offre le prix.
Mais c'est en vain. L'on briserait ses chaînes,
A ses yeux on ferait briller la liberté,
Qu'il ne s'enfuirait pas vers des sphères lointaines,
L'Amour est trop épris de sa captivité.

ODE XXX

PORTRAIT DE BATHYLLE

PEINS-MOI Bathylle, ainsi que je vais te le dire :
Fais-lui de beaux cheveux brillants et parfumés ;
Vers le haut d'un noir bleu, vers le bas qu'on admire
Les tons dorés et chauds, en Grèce très aimés.
Qu'en boucles sa soyeuse et longue chevelure,
Sans obstacles et sans art, flotte négligemment ;
Que ses sourcils plus noirs que n'est la nuit obscure,
En arc, de ses grands yeux soient le couronnement.
Fais-lui les yeux foncés, pleins d'une fierté mâle,
Tout en ayant de Mars l'éclat vif et vainqueur ;
Que de douceur mêlés, de Vénus un peu pâle,
Ils n'en gardent pas moins l'amoureuse langueur.
Et puisque avec ton art fort aisément tu joues,
Que par toi tous mes vœux semblent être accueillis,
Mets ce duvet sur l'une et l'autre de ses joues
Que gardent les coings mûrs nouvellement cueillis.
Donne-lui l'air ouvert, si charmant à son âge,
Et qui fait seul, parfois, rayonner la candeur ;
Autant que tu pourras, pare son frais visage
De ce rouge incertain, aube de la pudeur.
Sur sa bouche petite, écho de l'innocence,
Attire en la peignant le sourire fréquent,
Car il faut, en un mot, sans rompre le silence,

Que ce portrait divin reste même éloquent.
Mais ton art, curieux du plaisir que j'éprouve,
Ne te permettra point de parer ce tableau
Des secrètes beautés que la nature couve
Et qui n'en sont pas moins ce qu'elle a de plus beau.
Fais son front noble et blanc. J'oubliais de te dire
Que son teint doit tenir des roses et du lait;
Quant à ses petits pieds que l'Olympe t'inspire.
Dis-moi ce qu'il te faut pour payer ce portrait ?
Et de cet Apollon, dont la beauté me frappe,
Fais-en vite Bathylle en le changeant de nom,
Afin que si ton œuvre à ce pays échappe,
Tu puisses, à Samos, en faire un Apollon.

ODE XXXI

LES TRANSPORTS

Au nom chéri des dieux, laissez-moi toujours boire,
Des fruits ensoleillés j'adore la liqueur,
Et puisque à la beauté mon cœur ose encor croire,
De grâce, gardez-vous de m'ôter mon erreur.
D'Alcméon et d'Oreste, ayant tué leurs mères,
Je comprends aisément les transports furieux;
Mais, moi, je ne veux point, par des larmes amères,
Être obligé d'éteindre un crime audacieux.

Hercule, un jour, brisa, poussé par les furies,
Le carquois lourd et plein avec l'arc d'Iphitus ;
Pour moi, je ne prends part qu'à des luttes chéries,
Et sans combats je rends les armes à Vénus.
D'Oreste et d'Alcméon je repousse la fièvre ;
Les cheveux parfumés et couronnés de fleurs,
La coupe pleine en main et le rire à la lèvre,
Je ne veux me livrer qu'à de douces fureurs.

ODE XXXII

LA PLURALITÉ DES AMOURS

Si vous pouvez compter les feuilles des grands arbres,
Les vagues que la mer amoncèle toujours,
La poussière qui fuit des carrières de marbres,
Chargez-vous du calcul qu'exigent mes amours.
Mettez premièrement vingt maîtresses d'Athènes,
Ensuite quinze, puis un nombre indéfini,
De Corinthe et Lesbos dont j'emportai les haines
En quittant ces beaux lieux où j'arrivai béni.
De bien d'autres pays, doux nids de mes tendresses,
J'ai conquis tous les cœurs. Ah ! vous exagérez !
Mais je n'ai point encor parlé de mes maîtresses
Qu'en allant loin d'ici peut-être vous verrez.
Ajouterai-je aussi qu'en nourrisson du Pinde
J'obtins bien des faveurs qui m'ont fait tressaillir,
Et que je fus aimé, sans trop m'enorgueillir,
Par d'altières beautés de Cadix et de l'Inde.

ODE XXXIII

UNE NICHÉE D'AMOURS

Tu reviens tous les ans, hirondelle chérie,
Et tu construis ton nid aux rayons des beaux jours,
Mais tu quittes, l'hiver, notre plaine flétrie
Pour les rives du Nil où tu nous fuis toujours.
Tandis que de l'amour les familles nouvelles
Font en toute saison leur nichée en mon cœur,
Quand un petit essaie à remuer ses ailes,
Un autre dans sa coque a déjà l'air vainqueur.
A tous les traits mon sein ne peut servir de cible,
Par trop de Cupidons je vois prendre mes jours.
Bientôt que deviendrai-je? Il ne m'est plus possible
De porter dans mon cœur tout cet essaim d'amours.

ODE XXXIV

A UNE JEUNE FILLE

A cause de mes cheveux blancs
Ne me fuyez donc point sans cesse,
Parce que sur vos jeunes ans
Brille la fleur de la jeunesse.
Pour les regards d'éclairs remplis
Considérez, vierge adorable,
Que la rose mélée aux lis
Forme une couronne agréable.

ODE XXXV

L'ENLÈVEMENT D'EUROPE

Ce fier taureau qui fend les ondes
Me paraît être Jupiter ;
Il rit des efforts de la mer
Dont il rompt les vagues profondes.
Voyez, il porte sur son dos
Une jeune Sidonienne,
Et sans que rien ne le retienne
Avec ses pieds il fend les flots.
Car un autre taureau, loin de son pâturage,
    N'oserait point s'aventurer
A traverser ainsi l'Océan à la nage,
    Jupiter seul peut le tenter.

ODE XXXVI

LES JOUISSANCES DU PRÉSENT

A quoi bon m'enseigner les lois et les sophismes
    Des rhéteurs captieux ?
Je fuis, et par instinct, les faiseurs d'aphorismes
    Que je trouve ennuyeux.
Apprenez-moi plutôt l'art d'aimer, de bien boire
    Et de rester dispos,
Pour que mon existence au bonheur puisse croire
    Et goûte le repos.

De cheveux blancs, je sais, ma tête couronnée
    Éloigne les plaisirs.
Verse, endors ma raison pour toute la journée :
    Les morts sont sans désirs.

ODE XXXVII

LE PRINTEMPS

Au souffle du printemps, les herbes et les fleurs
Semblent jaillir du sol pour revêtir la terre ;
Les sources au soleil retrouvent leurs lueurs,
Les roses leur parfum et les bois leur mystère.
La glace est disparue et le courant des eaux,
En emportant le ciel, s'échappe par les bondes,
Comme un serpent s'enroule autour des verts coteaux,
Et caresse les blés des campagnes fécondes.
La grue est repartie en de lointains climats
Aussitôt que du fleuve elle a vu la débâcle.
Sur le lac, les plongeons reprennent leurs ébats
Et le soleil répand ses clartés sans obstacle.
La campagne fertile offre un aspect joyeux,
De pampres verdoyants la vigne se couronne ;
Déjà les jeunes fruits apparaissent aux yeux,
Et l'arbre reverdi comme un prisme rayonne.

ODE XXXVIII

LE GOUT DU PLAISIR

Je commence à vieillir, mais cela m'est égal.
Mieux que les jeunes gens, je fête encor la treille;
Voyez : au lieu d'appui, je tiens une bouteille,
Et je n'en marche pas certainement plus mal.
　　Portant toujours la mort en croupe,
　　Aille combattre qui voudra.
　Esclave, toi, tant que mon cœur battra
　D'un vin exquis remplis ma large coupe.
　　Quoique par les hivers blanchi,
　　Suivant l'exemple de Silène,
　　Je veux, des peines affranchi,
　　Aller où le plaisir me mène.

ODE XXXIX

DÈS QUE JE BOIS

Lorsque je bois du vin, mon cœur est à la joie,
Je célèbre la muse aux entraînants accords,
Dans les eaux du Léthé ma tristesse se noie,
Et je livre aux plaisirs mon esprit et mon corps.
En buvant, je crains peu les coups de la tempête,
Protégé par l'amour, j'échappe à ses fureurs;
De pampres et de lis je couronne ma tête
Et respire, enivré, le frais parfum des fleurs.

Je reconnais les biens de la vie attrayante
Sitôt qu'à mes côtés je vois s'asseoir Bacchus,
Je serre étroitement la beauté palpitante,
Et près d'elle, ravi, je célèbre Vénus.
Pourquoi me reprocher de me mettre en goguette?
Le vin est le seul bien qui vient me secourir ;
C'est autant de gagné sur la faux qui me guette,
Puisque comme l'épi nous devons tous mourir.

ODE XL

L'AMOUR PIQUÉ PAR UNE ABEILLE

L'AMOUR, un jour, moissonnant pour sa mie
Dans un buisson d'églantines en fleur,
N'aperçut point une abeille endormie ;
Piqué par elle il pâlit de douleur.
Remplissant l'air de ses cris de détresse,
Près de sa mère il accourt affolé :
— Vois, lui dit-il, j'expire de tristesse,
Je suis mordu par un serpent ailé.
— D'un aiguillon, si la faible piqûre,
Répond Vénus, a contracté tes traits,
Juge par là, mon fils, de la blessure
Qu'avec ton arc à tous les cœurs tu fais.

ODE XLI

LE BANQUET

En l'honneur de Bacchus, inventeur de la danse,
Buvons, rions, chantons et sautons tour à tour ;
La tristesse finit où son règne commence.
Il aime les chansons, se plaît avec l'amour.
Il rend l'homme plus vif, la femme plus touchante,
Dissipe les ennuis sur nos pas amassés,
Et tout dans l'univers en soupirant le chante,
Pour son ardeur présente et ses rayons passés.
La vie est incertaine et promptement s'efface,
L'heure présente est seule à nous appartenir ;
N'arrêtons point sur nous le nuage qui passe,
Et ne tentons jamais de percer l'avenir.
Dansons et folâtrons avec des beautés vives,
Et laissons le chagrin atteindre d'autres fronts ;
Mais pour nous, chers amis, tous aimables convives,
En l'honneur de Bacchus, buvons, rions, chantons.

ODE XLII

CE QUE J'AIME LE PLUS

J'aime la danse, amis, que Bacchus seul inspire,
Lui, le plus charitable et le meilleur des dieux ;
Je me plais à toucher de la vibrante lyre,
Assis près d'un buveur intrépide et joyeux.

Mais à tous les plaisirs, cependant je préfère
Celui d'orner mon front de jacinthes en fleur,
De rire et folâtrer avec une légère
Et naïve beauté qu'empourpre la pudeur.
Je fuis les traits mordants des langues médisantes,
Et quand la gaité doit présider le festin,
Je déteste encor plus les querelles croissantes
Que fait naître souvent l'exhalaison du vin.
Coulons des jours sereins et bien dignes d'envie,
En dansant aux accords de nos chants répétés.
Sans en troubler le cours, laissons couler la vie,
Entraînés à l'amour par de jeunes beautés.

ODE XLIII

LA CIGALE

Je connais ton bonheur, trop heureuse cigale;
Aux gouttes de rosée aussitôt que tu bois,
En jetant dans les airs ton hymne matinale,
Tu voles te percher à la cime des bois.
Sans troubles, tu jouis des produits de la terre,
Tu ne fais jamais tort d'un grain aux laboureurs;
Du printemps radieux déesse messagère,
Apollon te chérit, te comble de faveurs.

Quoique née ici-bas où tu vis invisible,
Tu trouves du plaisir à chanter sous les cieux,
N'ayant ni chair ni sang, aux douleurs insensible,
Tu fais presque l'effet de ressembler aux dieux.

ODE XLIV

LE SONGE

Je croyais, en dormant, qu'il me poussait des ailes,
Qu'en liberté j'errais dans des sphères nouvelles,
Quand à rompre mon vol un trait me contraignit.
L'Amour, malgré le plomb qu'hier j'avais su mettre
A ses pieds délicats, me poursuivait en maître;
Plus rapide que moi, sans peine il m'atteignit.
Que peut me présager ce rêve au frais mirage,
Dont la lumière seule ose arrêter le cours?
Si ce n'est que mon cœur inconstant et volage
Sera bientôt, je pense, enchaîné pour toujours.

ODE XLV

LES TRAITS DE L'AMOUR

Dans ses antres, Vulcain travaillant nuit et jour,
Forgeait avec l'acier les flèches de l'Amour;
Et tandis que Vénus, la gorge découverte,
    Trempait leur pointe dans le miel,
    L'esprit enclin à notre perte,
    Cupidon y mêlait du fiel.

De retour des combats, un javelot énorme
A la main, le dieu Mars de l'Amour se moquait.
Celui-ci lui répond : — Il faut que je te forme ;
Devant Vénus, au cœur il le perce d'un trait.
— Certes, dit Mars alors, qui malgré lui soupire,
Ta flèche m'a blessé ; reprends-la sans tarder.
— Ah ! c'est bien inutile, en faisant un sourire,
Répond l'Amour malin, et tu peux la garder.

ODE XLVI

CONTRE L'ARGENT

NE pas aimer est triste : il est fâcheux d'aimer,
Mais le plus grand des maux c'est d'aimer une ingrate.
La naissance en amour ne saurait enflammer.
La vertu, la science, hélas ! n'ont rien qui flatte,
Et l'amour de l'argent depuis bien longtemps date.
Périsse le premier épris de ce métal,
Qui rompt tous les liens et désunit les frères.
Dont le funeste goût et le pouvoir fatal
Poussent l'âme à trahir et suscitent les guerres.
Le plus cruel à dire, au milieu des tourments,
C'est que par lui, toujours périssent les amants.

ODE XLVII

LE JOYEUX VIEILLARD

J'aime un jeune danseur, aux femmes agréables;
    J'aime un vieillard aimable
Quand il se livre à des ébats joyeux.
Sa chevelure blanche annonce qu'il est vieux,
    Mais l'art de Terpsichore
Que son esprit est jeune encore.

ODE XLVIII

L'ORGIE GALANTE

A mon appel joyeux, donnez le luth d'Homère,
Mais sans la corde d'or destinée aux combats;
Je n'ai, vous le savez, jamais loué la guerre,
Et ma voix aujourd'hui ne commencera pas.
Apportez-moi la coupe, et vite qu'on y mêle
Tous les billets inscrits et marqués par les lois,
Que notre banquet reste aux coutumes fidèle,
Dépêchons-nous d'élire un roi de notre choix.
Exalté par le vin, tenant en main ma lyre,
Je vois à l'horizon s'éclipser les chagrins;
Tout à coup affolé par le feu qui m'inspire,
Joyeux, je vais chanter de bachiques refrains.

ODE XLIX

LES BACCHANALES

Aux fidèles récits de ma muse lyrique,
Peins d'abord des cités se livrant aux plaisirs,
Avec sa double flûte à l'effet si magique,
Représente la nymphe aux attrayants désirs.
Riant et folâtrant, qu'un essaim de bacchantes,
Semblable aux flots des mers s'amoncèle avec bruit.
Et que, le thyrse orné de grappes transparentes,
Elles suivent de près Bacchus qui les conduit.
Que Pan, avec sa flûte, en l'honneur de Diane,
Accompagne Silène au nez enluminé,
Et que ce roi sans trône, accroupi sur son âne,
De satyres nombreux arrive environné.
Qu'une joie indicible exalte la folie,
Qu'il s'élève un tumulte aux hurlements affreux,
Qu'aux buveurs, les tonneaux livrent jusqu'à la lie,
Que l'orgie effrénée arrache à leurs flancs creux.
Réserve pour l'amour une petite place ;
Et si la cire peut répondre à tes efforts,
Peins ce couple charmant, que la tendresse enlace,
Et dont le frais tableau ranimerait les morts.

ODE L

A BACCHUS

Le dieu qui fortifie
Les jeunes et les vieux,
Rend la philosophie
Au cœur des malheureux,

Bacchus, le dieu que j'aime,
Descend sur les coteaux,
Et nous offre lui-même
Tous ses présents nouveaux.

Cette liqueur formée
Par les pampres bénis,
Dans les raisins jaunis
Reste encore enfermée.

Quand les fruits couvriront
Les vignes sans feuillages,
Tous les maux cesseront
Sur nos riches rivages.

Les flammes de l'amour
Échaufferont nos veines,
Jusqu'au joyeux retour
Des vendanges prochaines.

ODE LI

LE TRIOMPHE DE VÉNUS

QUEL artiste sublime et fier rival des dieux.
Avec tant d'art a pu rendre l'effet magique
Des flots amoncelés miroitant radieux,
Et dont la vérité dans son genre est unique.

Je contemple ravi la mère des Amours ;
Elle est nue, et la vague, en se drapant sur elle,
Dérobe les beautés aux ravissants contours
Qu'aux profanes regards jamais on ne révèle.

Dominant les flots bleus, mollement agités,
La déesse s'avance, et de son sein d'albâtre,
Découvrant les trésors aux yeux surexcités,
Enivre le poète à le rendre idolâtre.

D'une brume de feu le soleil voile l'eau,
Tandis que Cythérée en passant s'y reflète ;
Le miroir de la mer n'a rien vu d'aussi beau,
Elle ressemble au lis près de la violette.

Pour le dos des dauphins, ayant quitté Bacchus,
La troupe des Amours vient peupler son empire,
Voltige, en se jouant, à l'entour de Vénus,
Qui sait embellir tout de son divin sourire.

ODE LII

LES VENDANGES

Sur leurs dos recourbés, les filles, les garçons,
Ardents à leur travail ainsi que des abeilles,
En courant au pressoir aux accords des chansons,
Emportent des paniers pleins de grappes vermeilles.

Célébrant à grands cris la gloire de Bacchus,
Les hommes les plus forts descendent dans les cuves,
Et foulent les trésors produits par Uranus,
Dont le flot bouillonnant empourpre les étuves.

Dans le creux de sa main, quand un vieillard a bu
Du jus mousseux qui fuit de la grappe féconde,
Il s'agite et bondit comme un bélier barbu,
Sous ses pieds avinés sentant tourner le monde.

Pendant ce temps, l'Amour, sous les traits d'un berger,
Tandis que le sommeil clôt encor sa paupière,
Près d'une jeune fille arrive voltiger,
Et veut avant l'Hymen entrer dans la carrière.

De ses chastes refus n'écoutant point la fin,
Il la serre de près en employant la force ;
Le cœur ardent, il vient à bout de son dessein,
Bacchus enivré mord au plaisir qui l'amorce.

ODE LIII

LA ROSE

Le souffle de la rose est le parfum des dieux,
Et je veux la chanter à la saison nouvelle ;
Par son divin éclat elle attire nos yeux,
Et devient l'ornement que rêve chaque belle.
Les peintres captivés en prennent le dessin ;
Pour le poète elle est un sujet plein de charmes,
Délices de Vénus, elle en orne le sein,
Où le jour expirant l'arrose de ses larmes.
Cette suave fleur consacrée à l'Amour,
Des sentiers de la vie embellit les collines,
Épris d'elle, ce dieu, la nuit comme le jour,
Se plaît à la cueillir au milieu des épines.
Elle embaume la tombe et pare les vivants,
Conserve son odeur même après qu'elle est morte :
En parfumant les airs et profitant des vents,
Elle retourne au ciel où son destin l'emporte.
Toujours elle figure aux fêtes de Bacchus,
Et le jour où la mer, aux mortels voulant plaire,
De sa sanglante écume a fait naître Vénus,
Cette brillante fleur apparut sur la terre.
Tous les dieux désirant augmenter sa beauté,
L'arrosèrent du jus de la grappe vineuse ;
Aussitôt son bouton, avec grâce et fierté,
S'éleva lentement sur sa tige épineuse.

ODE LIV

SUR LA VIEILLESSE

Je rajeunis dès que je vois
Un jeune groupe qui s'avance :
Je retrouve à sa douce voix
Encor des ailes pour la danse.
Jeune Cybèle au teint de lis
Attends-moi donc, montre-toi bonne.
Permets de fleurs que je couronne
Mon front pour en cacher les plis.
Qu'on m'apporte, de vin remplie,
La coupe où je mire mes jours,
Et si je m'entoure d'amours
On va juger de ma folie.

ODE LV

LES AMANTS

Les coursiers sont marqués
Au flanc par une lettre,
Et je sais reconnaître
Cupidon, mon seul maître.
A leurs sourcils arqués
Sans peine je devine
Tous les amants vainqueurs.
Ils portent dans leurs cœurs
Une marque divine.

ODE LVI

LE TARTARE

Mon front bas, ma tête lasse,
De cheveux blancs sont couverts ;
Et je n'ai plus que la glace
Dont m'entourent mes hivers.
Mes dents prouvent ma vieillesse,
Et je suis vieux tout de bon ;
Mon cœur rempli de tristesse
Se soumet à la raison.
Cette pensée affligeante
Me fait pousser des soupirs,
Et la mort toujours présente
Refoule en moi les désirs.
Je redoute le Tartare,
Ce gouffre par trop profond,
Où l'homme expirant s'égare,
Et sans en trouver le fond.

ODE LVII

SUR LE PRINTEMPS

A travers les prés émaillés,
Sur les bords fleuris d'une source,
A l'abri des pampres taillés,
Il fait bon de prendre sa course.

Qu'il est agréable parfois
De suivre sa pensée errante,
Et s'égarer au fond des bois
Où la brise court frémissante.
Qu'il est doux, par un soir d'été,
D'errer quand Phœbé nous éclaire,
Avec une jeune beauté
Exhalant Vénus tout entière!

ODE LVIII

SUR LES ORGIES

Esclave, apporte-moi ma coupe la plus grande,
Je désire, à Bacchus, faire une large offrande,
Ce dieu bon me sourit aussitôt que je bois.
Et quoique le fruit vaille encor mieux que l'écorce,
Mêle au vin beaucoup d'eau pour tempérer sa force,
Et, de cette façon, j'en prendrai plusieurs fois.
    Car si nos lèvres sont rougies
    Par le nectar aux tons pourprés,
Privons nous des appels, des cris démesurés;
N'imitons point le Scythe aux bruyantes orgies.
    A pleine coupe, amis, buvons
    En chantant de douces chansons.

ODE LIX

SUR LES GOUTS

Je hais le vieux buveur,
Aux discours trop sévères,
Qui, de mauvaise humeur,
Ne parle que de guerres.

Je recherche toujours
L'hôte aux paroles vives,
Qui de joyeux discours
Entretient ses convives.

ODE LX

SUR L'AMOUR

J'exalte dans mes chants joyeux
L'amour couronné de guirlandes,
Il est seul le maître des dieux,
Des mortels il a les offrandes.

ODE LXI

INVOCATION A L'AMOUR

Au bois, sur la montagne,
Souverain sans souci.
La beauté t'accompagne
Et reste à ta merci.

Puisque rien ne résiste
A ton sceptre vainqueur,
Je t'en conjure, assiste
Et protége mon cœur.
Amour, vois ma détresse,
Daigne exaucer mes vœux ;
Engage ma maîtresse
A couronner mes feux.

ODE LXII

JE CHANTE CUPIDON

Je chante Cupidon, bien digne de ma lyre,
Il est le roi des dieux !
Et son sceptre de fleurs, sur terre comme aux cieux,
Soumet les cœurs à son empire.

ODE LXIII

LA DIANE CHASSERESSE

Fille de Jupiter, vous qui toujours en fêtes,
A poursuivre le cerf prenez tant de plaisir,
Daignez abandonner la poursuite des bêtes
Et répondre à mon juste et si pressant désir.
Sans songer au gibier, Diane chasseresse,
Descendez maintenant sur les bords du Léthé,
Et jetez sur la ville un regard de tendresse,
Protégez un pays digne d'être abrité.

ODE LXIV

LA CAVALE

O cavale de Thrace ! ivre de ta jeunesse,
Pourquoi me regarder avec tant de dédain ?
T'imagines-tu donc que je manque d'adresse
Et que je ne saurais t'arrêter de la main ?
Sache bien cependant que je pourrais te mettre,
Si cela me plaisait, et la bride et le mors ;
Qu'en moi tu trouverais un véritable maître,
Qui saurait sur tes reins faire peser son corps.
A présent tout le jour tu fuis dans les prairies,
Courant et folâtrant sans te laisser monter ;
Mais attends que pour toi les herbes soient fleuries.
Et je serai celui qui viendra te dompter.

ODE LXV

LE BAVARDAGE

NE fais point tant de bruit avec ton bavardage,
  Dont l'incessant et fatigant tapage
Dominerait celui de la mer en fureur ;
Réprime un peu ta voix, prends soin de ton ménage.

2.

ÉPITHALAME

Vénus, reine admirée et que la terre envie,
Amour, dieu tout-puissant qu'implore l'univers,
Dont l'approche est pour nous la source de la vie,
C'est vous que je célèbre aujourd'hui dans mes vers.

Vénus, approche-toi, mais sans être jalouse
De ton beau favori comblé par tes bienfaits;
Et toi, Stratocle, vois Myrille ton épouse,
Dont la pudeur empourpre et fait briller les traits.

Si la reine des fleurs est la rose naissante,
Myrille est un bouton au doux rayonnement;
Couvre-la de baisers, éprise et frémissante,
Jouis de son premier épanouissement.

Jusqu'à ce que le jour à la terre s'assemble
Presse-la dans tes bras, aspire-lui le cœur...
Puisses-tu bientôt voir, des tristesses vainqueur,
Croître dans ta maison un fils qui te ressemble.

ÉPIGRAMMES

I

TIMOCRITE

TIMOCRITE vaillant au milieu des combats
    Aujourd'hui dort dans cette tombe ;
        Car Mars n'épargne pas
Le brave jeune encor, qui bien souvent succombe.
      Le lâche seul peut éviter ses pas.

II

LE TRÉPAS D'AGATHON

    LA ville d'Abdère attendrie
    A poussé des cris de douleur
En voyant Agathon mourir pour sa patrie,
    Mars n'immola jamais un cœur
        Plus rempli de valeur.

III

SUR CLÉONORIDE

Le désir de revoir votre chère patrie,
    Cléonoride, hélas !
    Causa votre trépas.
Vous vous êtes livrée à la mer en furie
    Et le flot irrité
    Engloutit sans tristesse
    Votre fraîche beauté
    Brillante de jeunesse.

IV

TABLEAU DE BACCHANTES

La Bacchante qui porte un thyrse à la main droite,
C'est Eliconias. Xantippe, fort adroite,
Se tient à ses côtés. Glaucé marche plus bas.
Elles viennent des monts où le soleil miroite,
Apporter à Bacchus, sur leurs fronts, dans leurs bras,
Du lierre, des raisins, avec un chevreau gras.

V

SUR LA GÉNISSE DE MYRON

Fais donc, jeune berger, paître dans le vallon
Tes génisses plus loin, de crainte qu'à l'étable
Tu n'amènes ce soir celle que fit Myron
En la prenant aussi pour une véritable.

VI

MÊME SUJET

Cette vache n'est point coulée, elle est vivante ;
La vieillesse, je crois, l'a changée en airain,
Myron prétend que c'est une œuvre de sa main ;
  C'est faux, il nous trompe et se vante.

ÉPAVES

Puisse bientôt la mort me donner le repos,
Elle est le seul remède offert à tous mes maux.

❄

Je n'envie à personne
Les biens les plus tentants :
Le sceptre et la couronne,
Ni de régner en roi cent cinquante ans.

❄

Le rude hiver commence et déjà le nuage
Apporte des torrents dans ses flancs ténébreux.
L'indomptable ouragan enlève de la plage
Le sable et la poussière avec un bruit affreux.

❄

J'ai mangé peu, j'ai bu jusqu'à la douce ivresse ;
Maintenant, dans mes chants, j'exalte ma maîtresse

Moi qui sais à quel point
L'amour devient volage,
J'aime et je n'aime point ;
Je suis fou, je suis sage.

※

Il faut bien avec toi que je rie et je chante,
Ton esprit est aimable et ton humeur charmante.

※

Lorsque je t'écoutais d'une oreille attentive,
    Dans le dessein de fuir l'amour vainqueur,
    Ce dieu malin, à l'adresse instinctive,
        S'est rendu maître de mon cœur.

※

Jeune beauté qui, semblable à l'étoile,
Recouvres tes cheveux d'un resplendissant voile
        Tissé d'or, flottant au hasard,
        Ah ! daigne écouter un vieillard.

※

Je fuis et je déteste, en leur sotte insolence,
Ceux qui parlent d'un ton de fière autorité ;
        Savoir bien garder le silence,
        C'est la plus belle qualité.

Vite, apportez-moi tour à tour,
Pour en remplir mes coupes les plus grandes,
De l'eau, du vin et de fraîches guirlandes ;
Je ne veux plus lutter avec l'amour.

❦

Grace à l'amour, j'ai de rapides ailes
Et je m'élève jusqu'aux cieux :
Mais l'objet seul de mes peines cruelles
Reste insensible à tous mes feux.

ODE SUR ANACRÉON

Par un ancien poète

JE crois qu'Anacréon m'aperçoit et m'appelle,
Vers lui je cours en rêve et l'embrasse joyeux ;
Quoiqu'à ses cheveux noirs déjà l'argent se mêle,
La douce volupté rayonnait dans ses yeux ;
Ayant mordu, sans doute, à la grappe excellente,
Ses lèvres exhalaient comme un souffle divin,
Et pour mieux diriger sa marche chancelante,
L'Amour le conduisait tendrement par la main.
Ce poète alors ôte et m'offre sa couronne
Sentant Anacréon. Je veux m'en parfumer
Et la mets sur mon front. Jupiter me pardonne,
Depuis ce moment-là je n'ai cessé d'aimer.

ÉPITAPHE D'ANACRÉON

Par Julien

JE l'ai dit, et les yeux fermés à la lumière
Au fond de mon tombeau je répète tout bas :
Buvez, amis, buvez avant que le trépas
     Ne vous réduise en poussière.

VIE DE SAPHO

SAPHO, *dont le génie poétique et la fin dramatique ont illustré le nom, était née à Mytilène, capitale de l'île de Lesbos, six siècles environ avant l'ère chrétienne. On croit que son père s'appelait Scamandronimus, et sa mère Cléis. Sapho fut mariée à Cercola, un des hommes les plus opulents de l'île d'Andros; elle en eut une fille qui porta le même nom que son aïeule.*

Après la mort de son mari, qui la laissa veuve fort jeune, elle se livra tout entière à ses instincts poétiques, et produisit des œuvres dont les beautés surprenantes pénètrent les cœurs et les remplissent d'un charme indicible. La plupart de ses poésies lyriques ont disparu, mais les épaves qui nous en restent suffisent pour la rendre immortelle.

Quoique gracieuse, aimable, fort attrayante, douée d'un regard vif et pénétrant, elle ne voulut pas s'engager dans de nouveaux liens; mais son cœur affectueux se laissa captiver par le beau Phaon, pour lequel elle ressentit la passion la plus effrénée et qui ne fut point payée de retour.

Sapho rejoignit en Sicile son amant, qui la fuyait, et le trouvant insensible à ses feux, elle se rendit en Arcanie et se précipita du promontoire de Leucade dans les flots, mettant ainsi un terme au martyre d'un amour malheureux.

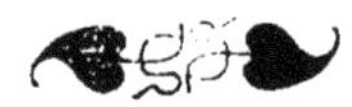

HYMNE A VÉNUS

Traduite de Sapho

MMORTELLE Déesse, ô Vénus adorée,
Fille de Jupiter, toi qui séduis les cœurs,
N'accable point mon âme expirant éplorée
Sous le poids des ennuis et des vives douleurs.

Au nom de ton cher fils, écoute ma prière.
Par pitié, sois aussi favorable à mes vœux
Que le jour où, quittant le palais de ton père,
Tu descendis vers moi sur ton char lumineux.

De ravissants oiseaux, en agitant leurs ailes,
Lui faisaient parcourir l'immensité de l'air,
Et leur course achevée, ils reprirent, fidèles,
La route de l'Olympe, aussi prompts que l'éclair.

De ta bouche divine alors, Déesse heureuse,
Tu désires savoir ce qui me fait gémir;
Quel baume peut calmer ma raison furieuse,
Quel amant dans mes fers je voudrais retenir?

Quel ingrat, ô Sapho, te cause tant de peines?
S'il se montre insensible encor à tes soupirs,
De lui-même il ira se prendre dans tes chaînes ;
Je veux bientôt qu'il t'aime au gré de tes désirs.

Descends donc, ô Vénus, aux cris de ma souffrance
Et fais-moi t'adorer par tes nouveaux bienfaits!
Finis ton œuvre et prends toi-même ma défense,
De mon cœur qui soupire exauce les souhaits.

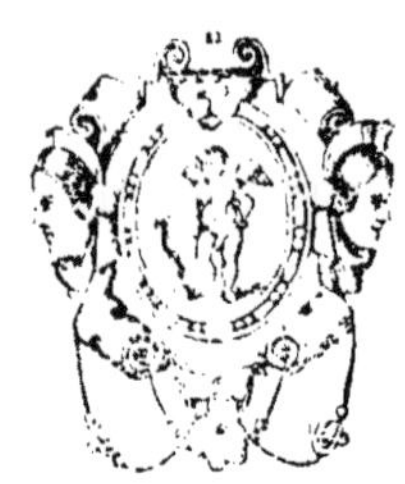

A UNE FEMME AIMÉE

Imité de Sapho

SONNET

Ton souffle m'enivre, mignonne,
Et je l'aspire comme l'air ;
Ton œil a l'ardeur de l'éclair
Et jusque dans mon sein rayonne.

Mon oreille tinte, bourdonne,
Et mon regard n'y voit plus clair ;
Un feu subtil court dans ma chair,
Ma voix s'altère et m'abandonne.

Un tressaillement me saisit,
Son frisson glacé me transit,
Il me semble que j'expire...

Mon cœur ne peut, l'infortuné,
Réprimer l'amour effréné
Que ton être idéal m'inspire.

ÉPITAPHE

DE LA JEUNE TIMAS

Avant que l'Hymenée eût allumé pour elle
  Son rayonnant flambeau,
Les cendres de Timas, hier encore si belle,
Reposent pour jamais dans ce morne tombeau.
Les Parques ont tranché, de leurs mains trop actives,
Le fil de ses beaux jours, pleins d'espoir et de vœux ;
En signe de regrets, ses compagnes plaintives
Sur sa tombe, en pleurant, ont coupé leurs cheveux.

TABLE

FIN

Paris, à la Librairie, 10, rue de la Bourse

ŒUVRES COMPLÈTES

du *Marquis*

EUGÈNE DE LONLAY

ÉDITION POPULAIRE

Avec vignettes de MM. Alophe,
Jules David, Dan. Leylo,
Galimard, P. Langlade, Mouil-
leron, Rambert, etc.

FIDES ET VIRTUS

40 VOLUMES IN-16

Un franc chaque ouvrage, pris séparément

Éloge des Femmes. 3e édit.	*Le nouvel Art d'aimer.*
Comme on aime à seize ans.	*Romances & Chansons.* 4e édit.
Bluettes. 4e édit.	*Les Feuilles mortes.* 9e édit.
Virginité. 2e édit.	*Une Intrigue en chemin de fer.*
Anecdotes piquantes. 2e édit.	*Chants de la Jeunesse.*
Mandolines. 6e édit.	*Hymnes et Chants religieux.*
Le Jou des Tuileries.	*Les Eaux de Bagnoles,* 3e éd.
L'Amour et la Jeunesse. 3e éd.	*La Chasse aux Maris.*
L'Art de plaire. 2e édit.	*Octavie de Valdorne.*
Le Faubourg St-Germain.	*Premier Roman d'une jeune*
Poésies intimes.	*Femme.* 3e édit.
Poésies lyriques.	*Larmes de bonheur.* 7e édit.

TRADUCTIONS

Anacréon, sa vie et ses œuvres.	*Le Brigand Gentilhomme.*
Hymnes et Chants nationaux.	*Le grand Monde russe.*
Un Duel à Mort.	*Nouvelles du Cte Solloghoub.*
Ce que la Forêt se raconte.	*La Protégée.*

AVIS

Il ne sera mis en vente que quatre cent cinquante exemplaires de cette édition princeps.

N

Imprimé à Paris

CHEZ ALCAN-LÉVY

Boulevard de Clichy, 62

ET ACHEVÉ LE XX JUIN

M D CCC LXVIII